Dieses Buch gehört

_____

Büchersterne

Liebe Eltern,

Lesenlernen ist eine Meisterleistung. Es gelingt nur Schritt für Schritt. Unsere Erstlesebücher in drei Lesestufen unterstützen Ihr Kind dabei optimal. In den Büchern für die 1. Klasse erleichtert eine große Fibelschrift das Lesen, und der hohe Bildanteil hilft, das Gelesene zu verstehen.
Mit beliebten Kinderbuchfiguren von bekannten Autorinnen und Autoren macht das Lesenlernen Spaß. 16 Seiten Leserätsel im Buch laden zu einer spielerischen Auseinandersetzung mit dem Text ein.
So werden aus Leseanfängern Leseprofis!

Manfred Wespel

Prof. Dr. Manfred Wespel

PS: Weitere Übungen, Rätsel und Spiele gibt es auf www.LunaLeseprofi.de. Den Schlüssel zu Lunas Welt finden Sie auf Seite 55.

Büchersterne – damit das Lesenlernen Spaß macht!

www.buechersterne.de

Mit Büchersterne-Rätselwelt

Marliese Arold

Die Pony-Schule
Ein Fohlen für Lotte

Bilder von
Miriam Cordes

Verlag Friedrich Oetinger · Hamburg

Inhalt

Ist Lotte zu dick?

Marie und ihre Freundin Anne
gehen in eine ganz tolle Schule.

Dort leben das Pony Lotte,
der Esel Leo
und die Ziegen Olga und Lina.

Die Mädchen haben das Pony
am liebsten.
Sie besuchen es jeden Tag.

„Lotte wird immer fetter",
stellt Anne heute fest.
Marie nickt.

Wenn sie reitet,
merkt sie genau,
dass das Pony
dicker geworden ist.

Der Sattelgurt passt kaum noch
um Lottes Bauch.

Marie und Anne
machen sich Sorgen.
Vielleicht ist Lotte ja krank.
„Ich werde den Tierarzt anrufen",
verspricht Hausmeister Pohl.
„Sicher ist sicher."

Ein großes Geheimnis

Am nächsten Morgen
kommt Anne aufgeregt
in die Klasse gerannt.
„Ich weiß,
was mit Lotte los ist",
flüstert sie Marie zu.

Doch da kommt schon
die Lehrerin herein.

Der Unterricht beginnt.
Marie kann nicht aufpassen.
Sie muss immer
an Lotte denken.

Endlich klingelt es zur Pause.
Anne fasst Marie am Arm.
Sie zieht sie zu einer Bank.

„Jetzt sag schon", drängt Marie.
„Was ist los mit Lotte?"
„Sie wird bald Mama", sagt Anne.

Marie reißt die Augen auf.
Lotte bekommt ein Fohlen!

„Aber wie kann das sein?",
fragt Marie.
„Wer ist der Papa?
Vielleicht Leo, der Esel?"

Sie stellt sich vor,
wie das Fohlen dann aussieht.

Aber Anne lacht
und schüttelt den Kopf.

Sie erzählt:
„Der Papa steht
auf dem Ponyhof,
auf dem auch Lotte gewesen ist.

Als die Schule Lotte gekauft hat,
hatte sie das Fohlen
schon im Bauch.
Es war noch winzig klein.
Darum hat keiner etwas gemerkt."

„Toll!", sagt Marie.
Sie freut sich sehr
auf das Fohlen.

Die Nacht im Stall

Jeden Tag
kann das Fohlen kommen.
Auch am Wochenende?
Anne und Marie wollen
so gerne dabei sein.
Sie bitten und betteln,
bis sie im Stall schlafen dürfen.

Die Mädchen
kuscheln sich ins Stroh.
Die Frau von Hausmeister Pohl
bringt ihnen Decken
und eine Kanne Tee.

Marie und Anne wollen unbedingt
wach bleiben.

Sie haben Taschenlampen dabei
und lesen.

Es wird Mitternacht.
Marie und Anne gähnen.
Ihre Augen werden
immer schwerer.

Lotte legt sich hin.
Sie schnauft laut.
Ob sie Schmerzen hat?

Anne läuft zum Hausmeister-Haus
und klopft an die Tür.
„Ich glaube, das Fohlen kommt!"
„Ich rufe gleich den Tierarzt an",
sagt Herr Pohl.

Es dauert ewig,
bis der Tierarzt kommt.
Er untersucht Lotte.
„Alles in Ordnung", sagt er.

Das Fohlen kommt zur Welt

Eine Stunde später
wird das Fohlen geboren.
Zuerst kommen die Vorderbeine,
dann der Kopf, dann der Leib
und die Hinterbeine.
„Es ist ein Junge",
sagt der Tierarzt.

Das Fohlen liegt im Stroh.

Es ist ganz nass.

Lotte steht auf.

Sie leckt das Fohlen trocken.

„Wie süß", flüstert Marie.

Das Fohlen hebt den Kopf.

Dann versucht es aufzustehen,

immer wieder.

Endlich klappt es.

Das Fohlen steht

auf wackeligen Beinen

und trinkt.

Marie und Anne sind glücklich.
Alles ist gut gegangen!

Am Morgen kommen die Eltern,
um die Mädchen abzuholen.
Sie bestaunen das Fohlen
und machen viele, viele Fotos.

Auf der Heimfahrt
ist Marie ganz aufgeregt.
Immer wieder erzählt sie,
wie das Fohlen geboren wurde.

Zu Hause muss Marie
plötzlich gähnen.
Papa trägt sie ins Bett.

„Wir brauchen einen Namen",
murmelt Marie noch.
Dann schläft sie ein.

Sie träumt von dem Fohlen.
Es war eine spannende Nacht!

Ein Name für das Fohlen

Am Montag schauen sich
die anderen Kinder aus der Klasse
das Fohlen an.
Auch die Ziegen Olga und Lina
kommen neugierig herbei.
Aber Lotte passt gut auf.

„Wie soll das Fohlen heißen?",
fragt Herr Pohl.
„Es muss ein Name mit L sein",
sagt die Lehrerin.
„Weil Lotte auch mit L anfängt."

Die Kinder
dürfen Vorschläge machen.

„Ludwig", ruft Finn.

„Lukas", schlägt Anne vor.

„Lausbub", sagt Tim.

„Lasse", sagt Marie.

Es ist gar nicht so leicht,
einen Namen zu finden.
Die Lehrerin schreibt
alle Vorschläge an die Tafel.

Dann wird abgestimmt.
„Lasse" gewinnt!

Marie hat eine Idee:
„Wir machen ein Fest
und taufen das Fohlen!"

Alle sind begeistert.
Eine echte Taufe in der Schule!

Das Fohlen wird getauft!

Marie und Anne freuen sich sehr
auf das Fest.
„Wir brauchen Geschenke",
sagt Anne.
Marie will dem Fohlen
ihre Kuscheldecke schenken.

Und Anne malt ein schönes Schild
mit dem Namen „Lasse".

Endlich ist Freitag.
Am Nachmittag kommen alle
zum Fest.

Der Hausmeister und seine Frau
haben den Stall
und den Auslauf
mit Blumen geschmückt.

Auch die anderen Kinder
bringen Geschenke mit:
Karotten und Leckerlis.

Aber die bekommt Lotte.
Denn das Fohlen ist noch zu klein.
Es trinkt nur Milch.

„Du sollst Lasse heißen",
sagt Herr Pohl.
Er spritzt etwas Wasser
auf das Fohlen.

„Viel Glück und ein langes Leben."
Alle klatschen.

Anne hat einen Kranz
aus Gras geflochten.
Sie hat ihn
mit Gänseblümchen geschmückt.

„Herzlichen Glückwunsch, Lasse!"
Anne legt dem Fohlen
den Kranz um den Hals.

Das Fohlen schüttelt sich
und versteckt sich hinter Lotte.

Die Eltern
haben Kuchen mitgebracht.
Bei Herrn Pohl gibt es Saft.
Alle feiern,
bis es dunkel wird.

Anne und Marie schauen noch mal
nach Lotte und ihrem Fohlen.
Lasse liegt im Stroh und schläft.

„Tschüs, Lasse", flüstert Marie.
„Tschüs, Lotte", sagt Anne.

Anne wundert sich.

„Wo ist denn der Kranz?"

Den haben Olga und Lina

inzwischen aufgefressen.

„Macht nichts", sagt Anne.

„Dann haben sie

auch etwas vom Fest gehabt."

Willkommen in der

Büchersterne

Rätselwelt

**Komm
auch in meine
Lesewelt im Internet.**

www.LunaLeseprofi.de

**Dort gibt es noch mehr
spannende Spiele
und Rätsel!**

Büchersterne-Rätselwelt

Hallo,
ich bin Luna Leseprofi und
ein echter Rätselfan!
Zusammen mit den kleinen
Büchersternen habe ich mir
tolle Rätsel und spannende
Spiele für dich ausgedacht.

Viel Spaß dabei wünscht

Lösungen
auf Seite
56–57

 Der **Tierarzt** untersucht Lotte.

 Marie und Anne wollen unbedingt **wach bleiben**.

 Das Fohlen steht auf wackeligen Beinen und **trinkt**.

 Marie **träumt** von dem Fohlen.

Büchersterne

43

Wort-salat

Hier sind die Wörter durcheinandergeraten. Kannst du sie ordnen?

o n
y P

_ _ _ _ _

_ _ _ _ _ _ _ _

l n m
u B
e

m a
N e

_ _ _ _ _

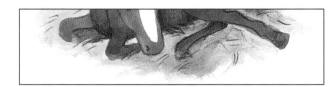

In welche Reihenfolge gehören die Bilder?

Puzzle

Lese-Logik

Satz für Satz kannst du
Kinder ausschließen.
Welches bleibt übrig?

Meine Arme hebe ich nicht.

Ich trage keinen gestreiften Pulli.

Ich sitze nicht in der hinteren Reihe.

Ich bin ein Mädchen.

Zöpfe habe ich nicht.

Ich bin: _____

— — — —

Hausmeister

— — — — —

— — — —

Kennst du
meinen Namen?
Schreibe ihn auf!

Wer bin
ich?

Starte auf Seite 8!

Zähle die Bilder an der Wand und gehe so viele Seiten weiter.

Worauf sitzen Anne und Marie? Gehe zur nächsten Seite, auf der du diesen Gegenstand entdeckst.

Wie viele Finger streckt Anne aus? Blättere so viele Seiten weiter.

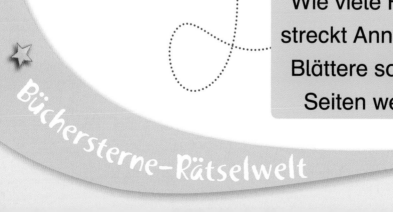

Büchersterne-Rätselwelt

Wie oft zählst du den
Buchstaben „E/e"?
Gehe so viele Seiten
weiter.

Wie viele Buchstaben
hat der Gewinnername?
Gehe so viele Seiten
weiter.

Bist du bei uns
angekommen?

Fehler-bild

Im unteren Bild sind 5 Fehler. Kannst du sie alle finden?

Büchersterne-Rätselwelt

C

A

B

Welcher Weg führt die Kinder zu Lotte und Lasse?

Woll-Wirrwarr

Spiel für zwei! Welche Ziege futtert zuerst 4 Blumen vom Kranz?

Ihr braucht:

1 Würfel
2 Spielfiguren
7 Kieselsteine

**Würfelt abwechselnd!
Landest du auf einer BLUME? Dann
lege in deinem Feld einen Stein ab.**

53

**Finde das Lösungswort
und komm in Lunas
Lesewelt im Internet!**

S
T
A

B [ ] U M E

N
A
M

L

G

F [ ] S T

R

A

[ ] T R O H

Luna Leseprofi

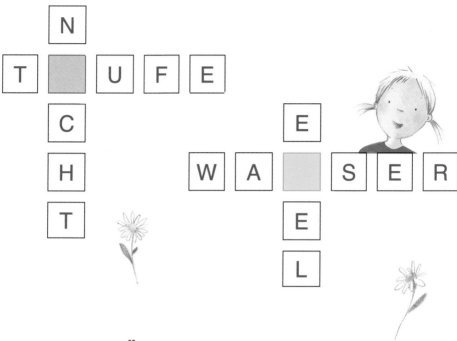

```
N
T [ ] U F E
C       E
H   W A [ ] S E R
T       E
        L
```

LÖSUNGSWORT:

[ ] [ ] [ ] [ ] [ ]

Mit dem **LÖSUNGSWORT** gelangst du in meine Lesewelt im Internet: www.LunaLeseprofi.de Dort warten noch mehr spannende Spiele und Rätsel auf dich!

Seite 50 · Fehlerbild

Seite 51 · Woll-Wirrwarr
Weg C

Seite 54-55 · Luna Leseprofi
Gib dein Lösungswort im Internet unter
www.LunaLeseprofi.de ein. Wenn sich eine
Lesemission öffnet, hast du das Rätsel
richtig gelöst.

Seite 42-43 · Bildsalat
Der **Tierarzt** untersucht Lotte. = Bild 4

Marie und Anne wollen unbedingt
wach bleiben. = Bild 3

Das Fohlen steht auf wackeligen Beinen
und **trinkt.** = Bild 1

Marie **träumt** von dem Fohlen. = Bild 2

Seite 44 · Wortsalat
Pony, Blumen, Name

Seite 45 · Puzzle
4, 1, 3, 2

Seite 46 · Lese-Logik
Ich bin Anne.

Seite 47 · Wer bin ich?
Leo, Hausmeister Pohl, Tim

Seite 48-49 · Lese-Rallye
3 Bilder → S. 11
Bank → S. 14
5 Finger → S. 19
10 Mal „E/e" → S. 29
„Lasse" hat 5 Buchstaben → Ziel: S. 34

★ ✹ Büchersterne ☺

Beste Freundinnen und mehr Abenteuer

Erhard Dietl
Die stärksten Olchis der Welt
ISBN 978-3-7891-2326-9

Dagmar Chidolue
Millie und die verrückte Schulstunde
ISBN 978-3-7891-1263-8

Dagmar Chidolue
Millie übernachtet in der Schule
ISBN 978-3-7891-2375-7

Dagmar Chidolue
Millie macht Theater
ISBN 978-3-7891-2333-7

Oetinger

Mit Lesespielen im Internet. Lesepatenmodell für Lehrer und Eltern.
www.buechersterne.de, www.LunaLeseprofi.de und **www.oetinger.de**

1. Klasse

Lesespaß für Leseanfänger

Schulspaß und mehr
fürs erste Lesen

Astrid Lindgren
Ich will auch in die Schule gehen
ISBN 978-3-7891-2422-8

Marliese Arold
Die Pony-Schule –
Keine Angst vor Pferden!
ISBN 978-3-7891-2410-5

Marliese Arold
Die Pony-Schule –
Lotte ist weg
ISBN 978-3-7891-2396-2

Marliese Arold
Die Pony-Schule –
Picknick mit Pony
ISBN 978-3-7891-0749-8

Oetinger

Mit Lesespielen im Internet. Lesepatenmodell für Lehrer und Eltern.
www.buechersterne.de, www.LunaLeseprofi.de und **www.oetinger.de**

Das didaktische Konzept zu Büchersterne
wurde mit Prof. Dr. Manfred Wespel, Pädagogische Hochschule
Schwäbisch Gmünd, entwickelt.

Beim Druck dieses Produkts wurde durch
den innovativen Einsatz der Kraft-Wärme-Kopplung
im Vergleich zum herkömmlichen
Energieeinsatz bis zu 52 % weniger CO_2 emittiert.

MIX
Papier aus verantwor-
tungsvollen Quellen
FSC® C011124

© Verlag Friedrich Oetinger GmbH, Hamburg 2010, 2014
Alle Rechte vorbehalten
Titelbild und farbige Illustrationen von Miriam Cordes
Einband- und Reihengestaltung von Manuela Kahnt,
unter Verwendung der Sternvignetten von Heike Vogel
Druck und Bindung: Mohn Media GmbH, Gütersloh
Printed 2014
ISBN 978-3-7891-2409-9

www.oetinger.de
www.buechersterne.de